우리 시대 현대시조 100인선 44

카메라탐방

서우승

태학사

우리 시대 현대시조 100인선　44

카메라탐방

초판 인쇄 2000년 12월 28일 • 초판 발행 2001년 1월 1일 • 지은이
서우승 • 펴낸이 지현구 • 펴낸곳 태학사 • 주소 서울시 서초구 서초
2동 1357−42 • 전화 (02) 584−1740 (代) • 팩스 (02) 584−1730 • e-mail
thaehak4@chollian.net • http://www.thaehak4.com • 등록 제22−1455호

ISBN　89-7626-618-8　04810 • ISBN　89-7626-507-6　(세트)

ⓒ 서우승, 2001
값 5,000 원

☞ 저자와 협의하에 인지를 생략합니다.
☞ 파본은 구입한 곳이나 본사에서 바꾸어 드립니다.

조병화, 정공채, 정순영, 오하룡 시인 및 청학동 훈장과 신선주를 나누다.(1996)

필자 가족(1996) (왼쪽부터 장녀 미라, 필자, 장남 인보, 아내)

문학적 영향을 가장 많이 받았던 박재두 시인과 함께 군
복무 시절(1968)

초등학교 1학년 어느 봄날 필자 가족(1952) (왼쪽부터 아버지, 필자, 누이동생, 사촌동생,
막내고모)

차례

제2부 이 땅의 민들레

제3부 이쯤에서 지름길 내어

제1부 카메라탐방

카메라탐방

　―서시

의수(義手)의 아내가 쪽박으로 건진 달빛
한 모금 입으로 받아 벼루에 부어 놓고
눈 감고 붓을 들었다, 또 무엇을 속여 낼까.

카메라探訪

―필름·7

나비는 온실 밖에서 은싸라기를 흩고
꽃도 한 생각, 향을 뿜어 하늘대네
맞대고 갈라선 투명, 주황(朱黃) 타는 저 유리벽.

카메라탐방

-필름·8

하늘 찌른 손끝으로 노을을 어루만지는
저 짓만 되풀이하는 미루나무 아래
반백(半白)을 바람에 맡긴 초로(初老) 한 분 섰습니다.

카메라탐방

－필름·11

살점 죄 배로 가고 가죽만 뼈를 덮은
갈 데 없는 눈먼 양(羊)의 씨 모르는 만삭이다.
누구나 빼꼼히 넘보는 어둠 속의 저 눈망울.

카메라탐방

－필름·12

통금(通禁)이 쓸어논 거리를 바람이 핥고 간 뒤
흔들리던 전신주에 어룽진 저 선지피
어딘가 발을 못 뻗는 잠꼬대도 있겠다.

카메라탐방

-필름·13

미친 파도로 하여 저금나온 어항 고기
유리알에 꿰비치는 세상 하나 도마 같아
이끼로 빛을 가리고 다시 앓는 바다의 꿈.

카메라탐방

―필름·14

올빼미와 박쥐들이 빠진 깜깜한 대낮 속에
낮달이 뛰어든다. 그도 이내 허우댄다
분해도 소리치지 못하는 그런 눈들을 하고…….

카메라탐방
—필름·15

까닭없이 곤장맞고 돌아오는 길목에
저승도 받아 주지 않은 주검들이 들켜 와서
뒤늦게 울고 난 까마귀, 울대 뽑아 던진다.

카메라탐방
─필름 · 17

팔도 바람에 할퀸 곡마단 들이닥친다
윤형(輪刑)도 천직(天職)으로 알아 익살까지 버릇이 된
내력을 쓰다듬으며 밤비가 울어 준다.

카메라탐방

－필름 · 22

땅에 꽂힌 부지깽이에 돋는 움을 닭이 쫀다
수양(首陽)의 왕관으로 출렁이는 저 벼슬을
잠 깨인 후대(後代)의 봄이 벌떼 같이 에워싼다.

카메라탐방
-필름·25

만적이가 떠나면서 벗어 둔 삼베적삼
어느 후궁 뜨락을 울던 귀뚜라미가 날아와
피나게 목청을 뽑아 땀어룽을 날리고 있다.

카메라탐방

─필름 · 26

후궁 샛서방의 일 마친 오줌 기운으로
만적이가 돌아오네, 비린 속곳 깃발 달고
덩달아 뇌성을 찧으며 내시들도 따라오네.

카메라탐방

―필름·27

산대놀이도 안 먹혀 홍경래는 일어선다
강산도 일어선다, 일어서서 파도다
목숨을 앞세워 달리는 한 구비의 파도다.

카메라탐방
─필름 · 32

황진이의 오감(五感)은 잠 속에서만 일렁이지
섬길 이 없는 세상 코골아 밀쳐 두고
눈 뜨면 몰라 그렇지 목석으로 돌아온다.

카메라탐방

－필름·39

골목마다 휴지를 줍는 페스탈로찌의 창고에서
구겨진 낙서들이 반딧불로 살아나와
들풀이 꽃피는 일을 시중들고 있구나.

카메라탐방

－필름 · 48

희끗, 누이의 새치 한 올 들킵니다
마음 속 패물이던 어머니의 저 첫사랑
내생엔 만나도 좋을 소꿉 약속 그런 거.

카메라탐방

―필름·71

미꾸라지에게 깃대 들려 웅뎅이를 다 설겆고
눈만 껌벅 껌벅 용을 쓰던 참게란 놈
헝클린 한 판 북새통에 두 엄지를 벌린다.

카메라탐방

－필름 · 75

그리움 하나 빚으랴 먼 바다에 살을 던진 산
뜨며 잠기며 제자리에 맴도는 섬의
몰려와 떼를 쓰는 흐느낌 소일 삼아 어룬다.

카메라탐방

―필름·77

누가 목숨까지 끌러 처음 것을 바쳤나 보아
교태와 부끄럼을 반반씩 머금고
누이야 백목련이 핀다, 나비로나 와 주렴.

카메라탐방

－필름 · 78

두견새 울던 골에 진달래꽃 배어나네
해마다 설운 일 찾아 두견이나 울리며 살까
굽어 본 하늘 한 자락 그도 그냥 번져 나네.

카메라탐방

−필름·79

가을은 청상(靑孀)을 위해 귀뚜라밀 불러 놓고
또 누군 귀뚜라밀 위해 가을을 비우나 보아
내생엔 짝 될 사람아 너는 무얼 비우며 사나.

카메라탐방
―필름·95

어디를 가나 비어 있더라, 어물전은
그럴 듯 아구 맞춘 직무대리 뿐이더라
도처에 먹물 튀기며 꼴뚜기는 떠나가네.

카메라탐방

－필름 · 102

한 발짝 물러서서 실눈으로 오월을 보면
햇살과 편을 짜고 바다와 내통하는 산
새물 탄 피라미떼의 대이동이 눈부시다.

제2부 이 땅의 민들레

심부름

미래사
가는 길에
내생만한
꽃을 만나

스치는
눈인사에
절이 한 채
생겨나서

심부름
까마득 잊고
소풍 속에
노닌다.

빚갚기

여기
시공도 넘은
보답인 줄 아는가
꼬꼬할배적 선업(善業)이 벼랑 중턱에 자라나
실족(失足)을
간신히 받쳐
목숨껏 비명 지르게 한다.

몰래 저지른 일도
몰래 자라기 마련
오뉴월 서릿발 치듯 감쪽같이 환생(幻生)한댔지
선뵐 날
딸애 이마에
난데없는 반점 두엇.

알고 보면 제 몫의 빚
모두들 지고 왔으리
연분도 빚일 밖에 묵묵히 갚아야 할 빚

어디서
본 듯한 얼굴
참 많은 세상 아닌가.

귀뚜라미의 노래

돌아왔어요,
당신의 뜨락에
해마다 이맘 때 당신이 아끼시던
실비단
목청을 풀어
가을밤을 감아 봅니다.

그날들의 사투리로,
매만진 나이 그대로
돌아왔어요, 아직은 슬픔인 채
목메인
뜻을 받들어
이 밤도 비워줍니다.

귀뚤귀뚤 귀뚜루루루……
베갯머리 맴돌지만
유명(幽明)이 갈라 놓아 통곡도 닿지 않네
이 담엔

빨간 눈 달고
꽃으로나 오지요.

다 접으니

눈부신 것들
다 접으니
산(山)열매도
땀띠 같고

절룸거리던
시절꺼정
호강으로 도져오다니!

들꽃이
웃어 보이는
울음이나
울어 주랴.

매미 생각

칠흑 땅 속에서
반십년을 꾸어온 꿈이
격조 높은 변신에다 울음 울 일 뿐이더냐
호구(糊口)야
이슬로 때운다 치고
잠까지도 면벽(面壁)이라니.

더위에 업혀나와
되레 여름 다스린다?
득의(得意)의 기쁨까지 은유하는지 몰라
간직한
혼령 하나가
울음 끝에 스친다.

다시
턱을 괴면
도처에서 따지고 드는,
혹은 훈수의 말씀 귀에 쟁쟁 새기다가

홀연히
허물만 걸린
네 열반을 손 모은다.

묘한 일

지나치는 길에
조약돌
한 개씩

심심풀이로
포개고
포개더니

어느새
손높이로 솟은
탑만 돌다
오곤 한다.

신곡리(神谷里)를 찾아

1. 아득한 상봉

오늘은 뜻밖에
날 다 보자지?
그 어른

전갈 온 까까머리
뭐라
두고 간 서찰

환갑은
넘겨야 만나겠대,

산정 끼고
도는
구름.

2. 대역사(大役事)

안개 꿰 벗고
은지환 두른 산정

약(藥)으로 바라본다,
빛나는 것들에 다친
눈

이윽고
하늘 깊숙이
솟구쳐 오르는 새떼까지.

3. 득의(得意)

새 길 내는 눈으로
천하를
간직하고는

이제
그 눈을
지팡이와 바꾸다

산천이
그를 다 알아
걸리는 게 없으니.

연기설(緣起說)

무화과가 떨어질 때
웬 꽃이
벙글다

어느 청상(靑孀)이 이사할 때
버리고 간
옹기 하나

동여 맨
테도 실해져
장맛이
드는갑다.

이런 날

그때
놓아 준 것들
안부가 그립고

진물 마른
그루터기 앞에서도
글썽여지는
이런 날

누군가
등 뒤에 와서
눈을
감길 것만 같아.

그 분의 하늘 아래선

어젯밤 두 반딧불이 하나로 모아지던 곳, 새벽
이슬 머금은 허리 꺾인 풀잎의 눈빛, 배경은 언제
어디서거나 상처로 남기 때문에

목련 피는 일
몰래 시중들고는
꽃 지자 후럼잔치로 돋아나는 잎새들을
그 분의 하늘 아래선
손위로 친답니다.

아픔을 견뎌 내어
온갖 형용 살려 내곤
배경 속 몸을 감춘 수틀을 찾기 위해
그 분의 하늘 아래선
술래도 족집게랍니다.

이승과 저승의 틈새
실눈 뜨면 보이는 날

빛을 떠받들던 어둠 빛이 되어 건너가듯
영욕도 업인(業因)입니다
그 분의 하늘 아래선.

석양 앞에서

갈 길 바쁜
저녁답,
뜬금없이 걸돌에 받힌 듯
누구냐
날 여기 세워
지는 해가 좀 보잔다니

오늘을
돌려달라는 눈빛
수평선
저리 달군다.

대나무

다 비우는
힘으로
내장마저 토하고야

죽어서
큰소리 칠
마디들을 받아내다.

바람은
저네 편들라
때도 없이 집적여 오는데……

바둑을 두며

장고(長考)의 항해 중
그 분 말씀 뱃전을 친다
취(取)하려거든 먼저 줘야 하는 법
버리듯
바둑돌 한 점
적진 깊이 놓고 만다.

달밤 퉁소 소리가
수만 적군 허물었듯
다스리기 위해 손아래도 모셔 둔다
마침내
판을 뒤엎을
암수(暗數)의 뇌관 삼으리.

진퇴냐 타협이냐
운석술(運石術)도 수준급 정치(政治)
끝까지 못[釘]으로 남아 승리를 안겨주는
곪아진

사석(死石) 하나가
노자(老子) 되어 나온다.

정상(頂上)을 꾀하는 새

높은
봉우리들은
표 안 나는 것에
닿아 있다

금(金)을 밴
바위가
침묵으로
정(釘)을 따돌리듯

정상을
꾀하는 새는
울음마저
아낀다.

박부자(朴富者)집 안마당에 내린 눈

오밤중 박부자 몰래 안마당에 내린 눈은

  입고(入庫) 첫날 잡은 쥐 문턱에 놓고 주인 오나 주인오
나 파수만 보는 곳간 속 고양이의 해묵은 눈망울 속에 잠
깐 앉았다가 논밭 서너 마지기쯤으로야 겨우 메울까 말까
한 건넛방 막내딸 얼굴의 빈틈없이 패인 그 속에도 앉았
다가 논밭 서너 마지기 몫의 팔뚝으로 당당히 기지개 켜
는 허드렛방 머슴의 꿈속에도 앉았다가 스르르르 안방 문
을 연다. 이 때, 눈 뜨고 자는 그 눈을 파수보던 박부자의
눈썹이 귀신같이 꿈틀거리더니 재물이 생기면서부터 모아
지기 버릇한 그늘을 털어내는데, 또 그 털려난 그늘들은
한꺼번에 몰려와 안기는 듯 어루만지는 듯 아닌 밤중의
침입자를 결박하지 않는가. 삼니웃 두루 잠이 안 깬 신새
벽에

시꺼먼 눈을 쓸기에 기척없는 박부자.

겨울 뜨락에서

잘린
가지들의 꿈은
원정(園丁)이 땀 닦는 사이
일제히 치솟았다, 허둥지둥 봉합으로
아뿔사
목련 가지가
향나무에 붙었으니.

어쩌겠는가 어쩌겠는가
한 우물물로 생(生)을 축이며
주인장 구미 따라 모양내는 처지인 걸
나무들
숲의 정신을 살려
뉘 가지든 다 거둔다.

원정은 일어섰고
꿈이 다시 짓밟히는 뜨락
흥건한 상처끼리 혈액형도 안 따지고

봄 오면
아지랑이로 피랴
스크럼 짜고 있다.

이 땅의 민들레

피고 말고 그럼,
밟히는 덴 이력이 난 걸
손쉽게 버려진 자리 뿌리로 버티면서
막다른
이승의 골목,
아득바득 돌아섰는 걸.

죄 털리고 주저앉아도
꿇지 않은 이 남루를
미소로 도배하고는 오냐, 부딪쳐보자 하늘아
눈 뜨면
홀로인 새벽
유성(流星) 한줌 움켜 쥘 뿐.

쉴새없이 태어나고
죽어나는 밤마다
볼장 다 본 무감(無感)의 살 속 간직한 울음으로
바람의

단잠에 깔려
또 한 겹 불면(不眠)을 피운다.

이 땅의 소나무

까마득한 선대적 일로
종신형에 꽂히다
풍우를 뜨개질하는 수천의 저 바늘눈
찬찬히
지켜보다가
뉘를 슬쩍 겹쳐 보다.

저 그늘에 감히 앉아
음풍농월로 다리 꼬랴
소슬바람도 안 먹혀들자 쨍쨍 인두질로
지지고
들볶아 봤자
되레 꼿꼿 노려보는 눈.

세상 물정 모르는
발 아래 솔씨들이
모질 힘 더 차오르게 모자 꾹꾹 눌러 주곤
차세대

솔씨는 문 채
떨굴 줄을 모르다.

무위(無爲)이기에는 일러
송진 뻘뻘 쏟는 나날
뜬소문 되받아 송홧가루 뿌리면서
용하다,
참아 굳은 살
복령(茯笭)으로 빚다니.

멍에

넥타일 매다 말고
매는 손 째려본다
멍엘 씌우는 주인의 손 아닌가
식솔의
배웅마저도
쏟아지는 채찍 같다.

일터에선 한사코
내 고삐 내가 쥐지만
논은 소작답, 꿈은 자꾸 걸돌받고
돌아와
신발 끈 풀면
고개 숙인 해바라기들.

허수아비의 노래

의족(義足)도 남루도 그대로인 나를 받아 섰습니다
허기진 새떼를 쫓다 허기지는 이 하루도
벼이삭 굽실거리는 날의 임금만한 꿈으로.

쫓아볼 새떼마저도 거두어간 빈 들녘
온 가을을 지킨 품삯, 돌팔매로 갚습니다
속아온 하늘 아래서 허허허허 허허허.

우리 형님의 하루

오늘은 또 어느 산
어느 강이 받아 주리
콧노래 앞세웠네, 보무당당한 저 출근길
형수님
태연한 배웅도
연기(演技)인 줄 모른 채.

무겁다 작동 멈춘
엘리베이터에 밀려나듯
천 근 날개 달고 평생직장 등진 형님
저 연극
막을 올리며
장(欌) 속 자유 그렸으리.

낚대 끝 휘어채거라,
재기(再起)의 묘안이여
등반길 섬광이거라, 막을 내릴 용단이여
오늘도

마중에 답할
한 봉지의 여유를 사네.

이 풍진 세상에

노래다운 노래가 없구나,
이 풍진 세상에
올빼미와 박쥐를 위해 폐광을 그냥 두듯
살얼음
딛고 가는 이에게
징검돌 놓는 노래가.

누가 삿대질하랴
단지 호구(糊口)를 잇기 위해
엉뚱한 데로 발길 돌리는
어깨 처진 소신(所信)들
그나마 막차도 놓치고
발 동동 구르는 구나.

도처에 도화선 깔고
끼리끼리 야합인 것을
잠꼬대로 이어지는 당대(當代)의 한숨들이
발 뻗고

누을 땅 몇 평도
비워 주지 않는 세상에.

돌멩이의 노래

어제는 개천에 거꾸로 처박힌 몸

  오늘은 길섶 풀잎 위에 구릅니다 어머니, 모든 것이 태어날 때 이름 그대로 빛나고 있으며 내리받은 목숨의 뜻에 묵묵들 하지만 당신의 괭잇날은 버리기 위해 단단히 잠든 나를 일궈 내셨는지 누구의 대속(代贖)인 윤형(輪刑)입니까 어머니,

  어젯밤을 나에게 지낸 개천도 손아프게 겹쳐오는 내 뜬 눈의 잠빛 때문에 어쩜 모질힘 쓰고 있는지 쓰다 그만 슬퍼버렸는지 용서하라 용서하라 지은 죄 없이 아무에게나 중얼대고 있는지 돌아보면 언제나 세상의 끝 그림자 같이 공생하는 바람이 또 붑니다 어머니,

  피를 말리며 마른 살점 버리며 조금씩 혼자서 굴려온 길 구겨 쥐고 다시 펼까 말까 천길 벼랑을 사이한 이승과 저승에 한 발씩 걸친 채 눈 감아보는 밤입니다 그러나 행주치마는 아직 때 묻지 않았으며 눈 먼 손길이여 석탑은

마치맞게 키가 비어 있지 않습니까 심심풀이 발길질이여
내 힘으로 날을 수 있을 때까지는 어머니,

　목숨껏 피할 겝니다
　움켜쥐려는 그 누구의 손도.

제3부 이쯤에서 지름길 내어

숲

새가 깃든
하룻밤 사이
늙어 뵌다
저 나무

격정을 이겨낸 새가
외마디
울고 떠난 뒤

온 숲에
추스름이 번진다
가지에서
가지로.

모서리론(論)

1
모서리는 피하거라
어릴 적 어른 말씀

일촉즉발 야성이 모마다에 숨었단 뜻

그 말씀
철 들자 다시
정(釘)으로 와 맴돈다.

2
날 선 구호 스크럼을
다스리던 각목의 힘

아비규환을 거친 추스름도 멎기 전

떨리는
살점을 문 채

역사에 샛강도 냈다.

3
봄 기운에 빙산이
모를 풀며 무너지는 소리

무너져 다시 그 날의 물 되어 어우르는 소리

의수(義手)로
목발 짚고 선
이 시대의 화두(話頭) 같구나.

벙어리의 노래

소리
하나에
일생을 걸었다

다져온
적막에도
귀가 돋는
세월을

온갖 춤
다 추어 봤다,
무슨 춤을 더 추랴.

달동네 인상(印象)

하늘빛에 끌리어
오를 만큼 오른 동네
바람만 시나브로 겨운 풍경 집적이더라
쭉정이 낱낱이 까며
투정부리는 소리로.

비 오는 날 구멍가게마다
모여드는 처진 어깨들
세상에 섞이지 못한 날품팔이의 하루
한숨을 고함과 바꾸더라
막소주의 힘으로.

군데군데 짜깁기한
골목길 막아선 똥차
그 사이로 용케용케 이삿짐 들고 나고
황급히 달아나더라
길 잘못 든 휘파람 하나.

거리의 맹인악사

아직은 전생만 더듬는
이 적막 가르며
쨍그랑, 동전 몇 닢이 이승하늘 열어줍니다
나에게 내가 불러 주는
노래값이 팔매질되어.

테 매어 부지하는
목숨만큼 위태한
생활의 터널 속을 기타줄로 헤쳐가면
목이 쉰 짐승이 되어
슬플 짬도 없습니다.

새도 울 때 울어야
그 울음이 곡진한 법
마른 세상 붙들고 때도 없이 울어쌓나니
구경 온 조무래기들만
추임새를 넣어 줍니다.

뉘 몫의 색안경입니까,
벌 받듯 맡은 천직(天職)
미안합니다, 이 하루도 쓰레기로 보일 밖에는
차라리 참회하듯이
눈총 받고 섰을 밖에는.

쉽게 풀 수 없는 매듭

1

업고 다닐 땐 언젠데 아무 데나 팽개쳐 놓고
죄꺼정 덮어씌운 너는 내가 맡으마
이력난 망나니 되어 쉴새없이 웃어보이며
무딜대로 무딘 칼로 쉬엄쉬엄 벌을 내리자
들을수록 신명나는 신음소리도 아껴야지
살[生] 만큼 회(膾)를 쳐놓고 아물기를 기다리며……

2

어젯밤 고자질이 어깨에 반짝이구나
하늘도 여닫는 뜻, 어깨동무하던 동지들의
살 타는 인두불빛을 팔짱 끼고 보는 너
밤마다 네놈집 뜨락에 소쩍새로 날아들리라
잠들일락 말락 깨울락 말락 시나브로 울어
잘 미쳐 죽지도 못하는 꼴, 나래 접고 보리라.

정신대 원혼의 아리랑

그래 잠이 오더냐,
품갚으러 내가 왔는데
지난 밤 첫 밤맞이 그대 외며느리로 스미어
아버님
고이 주무셨어요?
문안부터 올리느니.

좋아마라, 갈기갈기
찢긴 속살 그대로 왔으니
꽃도 열매도 못 본 채 멎어버린 나이테라
그 어떤
비방(秘方)을 써도
손(孫) 보기는 글렀으리.

애간장 파먹고 자란
귀뚜라미 소리 들리느냐
애지중지 지켜 온 성(城) 무너지던 그 날부터
차라리

짐승이 붉어
목숨도 하품했는 걸.

지우고 또 지우는
이름 속에 나를 묻으며
혼잣말이 취미일 뿐 죽어지낸 천년이라
살아낸
날들보다도
한 치 앞이 더 아득했었지.

찾긴 제대로 찾았네, 오냐
받은 만치 갚아주마
침 안 묻은 혓바닥으로 시대 탓만 물레돌리는
네 위증(僞證)
구천에 닿을 때까지
본색(本色) 접고 눌러 살리.

내력

억새숲 옛 궁전을 설쳐대는 바람결에 내도록 잊고 지내
던 학 한마리 돌아와 목놓아 조선오백년 그 애환을 푸들
댄다.

기상나팔이 못 깨우던 칼도 자리탐엔 번뜩이어
족보도 흙발 짚고 덩실대던 수양대군
'식었다, 다시 달궈라 넋까지야 태우겠나'

네불퉁 내불퉁 끝에 왜란을 모셔다가
용궁에 논개 주고 아내마저 바쳤어도
의젓이 고쳐 쓴 갓에 애국 외치던 모가지들.

아직도 씻갖지 못한 후예들이 하나 둘인가
내통한 가면끼리 수작들 주고 받는 소리……
도처에 깔아둔 귀가 일제히 울고 있다.

탈환, 그리고 되살리기

짐(朕)이 오오랜 망명에서 돌아와
장마에게 뺏겼던 이 하늘 되찾고 보니
세상 꼴 만신창이로군
어디부터 손써야 하나.

무슨 근거로 꾸민 교과서인가 도대체

신명났던 이 땅의 길짐승 날짐승 초목이란 초목 다 중
독되어 휘청거리고 더러 날개 부러졌고 외마디로 꺾여 속
수무책이고 음산한 바람에게 옹립된 서너 필 안개와 편짜
고 곰팡이와 독버섯만 무성쿠나 제길헐

온전히 남은 것들이야 언제 등 돌릴지 몰라.

그래 용케 견뎠구나
군침 도는 삼고초려에도
이 나라 버팀목 되어 두문불출 성(城)을 지킨
은자여

파발마로 오라!
살생부도 어서 보자.

이쯤에서 지름길 내어

반백년 마주 걸어도
걸을수록 멀다니
가시덤불 덫만 얽혀 허사(虛辭) 같은 오솔길
질문의
턱을 고이면
접목(接木)도 꽃을 보여 주는데……

하나뿐인 하늘 아래
하나뿐인 이산(離散)을 두고
소나기 벌주(罰酒) 끝에 아침까지 덜 깬 붉새
귀 열면
신화의 옛터
덧창문 소리 부쩍 잦다.

명장(名將)이 나서는 안돼,
통일신라식 꿈도 버려,
한라산과 백두산이 눈 맞추며 짜 내는 비단
합탄(合歡)의

그 날에 펼칠
요이부자리 아닌가.

주어진 세월 다 쓰고
이제부터 덤이라 치면
이쯤에서 지름길 내어 맥박에 걸음 맞추자
간직된
오냐, 오오냐 말씀
온 반도(半島)가 들썩인다.

고향

어딜까 까치밥 남긴
감나무 섰던 곳이
금의환향 저 노인장, 노 저어 더듬고 있다
담부랑
가리개 삼아
넘나들던 그 인정도.

언덕배기 미루나무가
흉터로 증언하는
여기는 수몰지구, 세월도 비켜가던 동네
평생을 떠돌면서도
신앙이던 고향 아닌가.

알아서들 살아가게나.
두루 용납하던
너와 나의 고향, 둘러볼 때 놓치는 갑다
목청껏
허우대는 손끝

꿈에 자주 스치니.

물

나 본디
천길 바다에서도
발바닥까지 뵈주는
맑음 하나로 뭇 목숨 축여왔더니
신새벽
더듬는 갈증,
머리맡의 오아시스였더니.

떠나봐야 지난 품 속 은혜가 사무치는 법
개펄
지느러미들의
바둥거림도
바둥거림이지만
우짜노
품엣 것들은,
사팔뜨기에 곱사둥이 뿐이니.

이내 몰골

어따 쓰겠냐,
연(蓮)뿌리도 발 오그린다
기른 목숨 되죽이는 천벌맞을 이 역기능
이제사
이마를 짚어 주느냐,
병(病)을 던져 준 사람들아.

벨트 생각

1
본디 리모컨 쥔 현묘(玄妙)한 손이 있어
푸른 것은 푸른 대로
매운 것은 매운 대로 두랴
철마다 제 멋에 맞춘
벨트를 번갈았거니
언제부터 무소불위냐 문명의 저 거드름
생긴대로 사는 것들
비닐집에 가두고선
개성도 천편일률로
온도에만 맞추라니.

2
특정 면적을 묶어 다스리는 그린벨트가
뜻밖에 신명 돋는
놀이마당이 되네
벨트에 길들여지면
야성도 깨어나니까

알고 보면 그린벨트 밖은 거대한 양식장
저들만의 길을 내어
벨트 안엔 길이 없네
무위(無爲)의 질서들이 사는
씨할만한 저 나라.

두엄 속 반디야

꼭꼭 숨어라
두엄 속 반디야
두엄 썩는 속도 따라 자자손손 늘리면서
쇠스랑
오는 날까지
불씨 꼭꼭 다지면서.

대대로 울며 넘던
보릿고개도 전설 된 지금
등 따숩고 배부름이 되레 죄만 같은데
뒷짐 진
날강도라니,
이름표도 버젓이 달고.

입엣 것도 꺼내 줄 듯
구세주로 변장해도
감춘 손 덮쳐 보니 아편주사기가 웬말
반만년

지켜 온 혼이
외출하길 노렸구나.

꼭꼭 숨어라
두엄 속 반디야
한숨보다 웃자라는 묵정밭 잡초들이
돌아와
두엄되는 밤
연등으로 날기 위해.

아내의 누비질

한 바퀴
서재를 돌고 난
아내의 누비질 소리가
실밥까지 뽑다 말고 무슨 낌새 맡았는지
불현듯
벼락을 품고
내 꿈 속 뛰어든다.

설사
들통이 나도
딴전 피울 요량이던
내연(內緣)의 내 꽃밭은 여지없이 짓이겨지고
돌아온
누비질 소리가
남은 실밥
마저 뽑는다.

복사꽃과 소녀

복사꽃 왁자한 골에
느낌표로
서
있
는
소녀

왼쪽으로 옮겨 봐?
누우면 또 어찌 뵐까?

누군가
엿보지 싶어
생각 자꾸
굴린다.

겨울 산마루에 앉아

눈은 자꾸 내리고
졸며 깨며 차가 끓다
그 해
그 봄이
두고 간 눈빛으로
쑥물 든
유년이 한 척
잠기며 뜨며 오다.

삭정이에 턱이 걸려
비명도 못 지르던
낮달 아래 누워 삭인
시장기를 앞세우고
어디서
약탕 내음이
배경처럼 따라오다.

곁에 앉은 아내도

그림이고 말아
돌아와 내미는 손
물끄러미 바라만 보다
알아서
눈도 그치다
차가 그만 잦으니.

무지개를 보며

뒤꼭지가 예쁘구나
너 장마의
절명시

세상은
시방 한통속,
기립박수로
만조이고

집집이
바지랑대들 휘어
색동차일 부시다.

눈 오는 날의 연가

내연(內緣)의 손길이
내 단추를 달아 줄 때
용서로 이어지는 타이름이듯 눈흘김이듯
창 밖엔
눈이 내린다,
눈발 속의 한 실루엣.

어느새 아내는
모정으로 다가와서
잃은 것 모두 바친 것으로 돌려놓곤
환상의
간이역쯤에서
착각처럼 사라지다니.

꿈

너를 따르다
나마저 잃고 사네

천지를
품에 해도
또 하나 열리는 천지

앉아 볼
끝은 어드메,
돌아 볼
끝은 어드메.

찻잔 마주한 채

찻잔
마주한 채
한 오십년
거슬러 앉다

서로가
눈길로만
백발을 쓸어 줄 뿐

살아 온
편력도 주소도
끝끝내
묻지 않다.

젊음 한철

온 지구를 품에 해도 넘보이는 지구가 있어
때 없이 차오르는 기막힌 애환들을
한 발만 헛놓아 버려도 큰일나는 그 무렵.

손금처럼 그어온 자랑일랑 뒷짐 지고
모두가 하는 일을 능청스레 거드는 시늉
언젠가 바닥이 나면 어깻죽지 드높고.

생활이 내장을 쏟아도 팔 걷으면 그만인 걸
어둠이 깔리기 전에 자리부터 보아두듯
한백년 넉넉한 설계에 오만 슬기 다 짜내네.

하늘과 땅 사이에 젊음 한철 해로 띄워
용케도 묻혀온 일거리 보란듯이 번뜩이면
미더운 몸을 이끌고 목숨 먼저 달리자.

통영아리랑

지고(至高)의 지팡이 끝
점지내린 통영땅
언제나 처음대로거라 물빛 산빛 먼저 빚고는
그 분도
내생의 터전
이곳에다 점찍었으리.

물빛 하나로도
신도(信徒)가 날로 느는데
역대 장원한 눈웃음까지 불러다가
하늘도
갓끈 풀게 하는
삼백리 한려수도라니.

갈매기 낮게 맴돌아
미륵산 권능 받들고
갯사투리 대꾸하랴 말 더듬는 동백꽃
원문에

발 들여놓자마자
바보 되는 곳이고 말고.

그 날의 장군님 발자취
간 데 족족 피가 돌아
잠들지 마라, 가슴마다에 흠대지르는
예 와서
눈 감아 보면
소스라칠 꿈 꾸고 말 게다.

우리 시대의 인간풍정과 응시·투사의 미학

박 영 주

강릉대 교수

1

읽어 즐거운 시가 있고, 생각에 잠기게 하는 시가 있으며, 빙그레 웃음 짓게 하는 시가 있고, 절로 무릎을 치게하는 시가 있다. 이렇듯 작품은 저마다 독특한 빛깔과 맛을 가지고 있다. 그런 면에서 시는 시인이 조리하여 공급하는 정신의 양식이다. 따라서 쓰는 재료와 조리 방법에따라 저마다 빛깔과 맛이 다를 것은 당연하다.

그런데 어떤 시인의 작품집을 두루 음미할 때는, 대개작품 개개의 빛깔과 맛도 맛이지만, 그들이 한데 어우러져풍기는 냄새에 이끌린다. 따지고 보면 냄새는 맛의 선행조건이다. 이 때의 냄새를 우리는 시인 특유의 성향 혹은 개성이라고 불러도 좋을 것이다.

서우승이 조리하여 내놓은 정신의 양식 『카메라탐방』은 우선 빛깔이며 맛이 다채로운 데 놀라지 않을 수 없다. 그도 그럴 것이 '규범 내의 개성적 리듬과 절제된 감성의 시적 형상화'를 추구하는 현대시조의 양식성을 다채롭게 변주하여, 행간으로부터 풍부한 의미와 정서가 우러나게 하고 있기 때문이다. 그래서 그의 시편들을 읽노라면 즐겁기도 하고 생각에 잠기기도 하며 빙그레 웃음 짓기도 하고 절로 무릎을 치기도 한다.

그러면서도 그의 시편들에는 작품 서로가 한데 어우러져 풍기는 특유의 냄새, 성향이 담담하게 배어 있다. 우리 일상 주변의 다단한 삶과 세태를 주시·성찰하여, 그만의 개성적 언어로써 토로·형상화하는 '우리 시대의 인간풍정(人間風情)'이 바로 그것이다.

서우승이 포착·형상화한 '인간풍정' 속에는 일상생활에서 맞닥뜨리는 삶의 애환이 그것을 야기한 요인과 더불어 간결하게 드러나 있기도 하고, 깊은 성찰로부터 우러난 삶의 인연과 태도가 불교적 사유를 바탕으로 내밀하게 노래되기도 하며, 부조리한 현실과 각박한 세태에 말미암은 소시민의 삶과 시대현실의 단면들이 예사롭지 않게 형상화되어 있는가 하면, 이기적이고 탐욕스런 문명에 의해 그 순수성이 잠식당하는 자연과 고향에 대한 심상이 잔잔하게 드러나 있기도 하다. 그래서인지 그의 시편들에서는 친근감이 묻어나는 '사람' 냄새가 난다.

2

서우승이 포착·형상화한 '우리 시대의 인간풍정'은 우선 기묘하다거나 현란하지 않다. 그러면서 예사롭게 보아 넘기기 어려운 일상 주변의 풍정들을 포착할 때의 긴장된 시선과, 그 풍정 속에 깃든 의미를 형상화할 때의 안정된 호흡만은 역력하게 느낄 수 있다. 그의 시는 이렇듯 긴장된 시선과 안정된 호흡이라는 상호 대조적이면서도 융합을 지향하는 시적 태도의 변증법적 조화와 통일에서 특유의 개성이 솟아나는 것으로 보인다.

하늘 찌른 손끝으로 노을을 어루만지는
저 짓만 되풀이하는 미루나무 아래
반백(半白)을 바람에 맡긴 초로(初老) 한 분 섰습니다.

「카메라탐방―필름·8」

내연(內緣)의 손길이
내 단추를 달아 줄 때
용서로 이어지는 타이름이듯 눈흘김이듯
창 밖엔
눈이 내린다,
눈발 속의 한 실루엣.

―「눈 오는 날의 연가」 부분

「카메라탐방―필름·8」은 파란 많은 인생행로와 삶의 인연을 황혼녘 노부부가 따로 또 같이 서 있는 정경을 통해 투시하고 있다. 그 정경은 돌아와 다시 그 자리에 선 '초로(初老)'를 인고와 온유로써 감싸안는 '미루나무'의 암묵적 용여가 배어 있기에, 함축적인 동시에 따뜻한 느낌이 돈다. '하늘 찌른 손끝' '저 짓만 되풀이하는'에서 일순 긴장된 시선이 느껴지지만, '미루나무 아래/ …… 섰습니다.'라는 장면의 말줄임표 부분에 '반백(半白)을 바람에 맡긴 초로(初老) 한 분'이 놓이는 구도로부터 묘한 심리적 안정감이 환기된다. 말 그대로 한 장의 사진이다.

「눈 오는 날의 연가」는 마음의 거울에 비추어진 자신의 처지와 아내의 이미지를 중층적이며 감각적으로 그리고 있다. '내연(內緣)의 손길'로부터 '타이름이듯 눈흘김이듯'을 거쳐 '눈발 속의 한 실루엣'에 이르는 시점의 변화가 그 중층적이며 감각적인 이미지에 사색적 분위기와 여운을 부여한다. 역시 '내연(內緣)의 손길'에서 긴장된 시선이 감지되지만, 이내 창 밖으로 고개를 돌려 '눈발 속의 한 실루엣'을 떠올리는 과정에서 저절로 호흡이 안정되는 것을 실감한다. 내면에서 소리 없이 흐르기에 더욱 아름다운 '연가'다.

서우승이 포착·형상화한 인간풍정들은 이처럼 수수하지만 단조롭지 않다. 대상을 포착하는 카메라의 눈―시인의 긴장된 시선과, 포착된 대상에 이미지와 형상을 부여하여 적절히 인화하는 과정—시적 형상화 과정의 안정된 호흡이 조화를 이루면서, 그만의 개성적 장면이자 영상을 연출하는 것이다. 어떤 장면은 멈추어 서 있고, 어떤 영상은 움직인다. 「카메라탐방—필름·8」이 한 장의 사진이라면, 「눈 오는 날의 연가」는 한 씬의 활동사진이다.

　시인의 긴장된 시선은 대상을 응시(凝視)하는 데서 비롯된다. 나아가 안정된 호흡은 그 내용 혹은 결과를 정서적 등가물로 형상화하여 공감의 자장을 확장시키는 투사(投射)의 역량으로부터 비롯된다. 서우승의 시에서 돋보이는 '긴장과 안정의 변증법'은 그런 면에서 '응시와 투사의 미학'이라 이름할 수 있다. 다른 예를 들어보기로 하겠다.

두견새 울던 골에 진달래꽃 배어나네
해마다 설운 일 찾아 두견이나 울리며 살까
굽어 본 하늘 한 자락 그도 그냥 번져나네.
—「카메라탐방—필름·78」

미래사
가는 길에
내생만한
꽃을 만나

스치는

눈인사에
절이 한 채
생겨나서

심부름
까마득 잊고
소풍 속에
노닌다.

─「심부름」 전문

「카메라탐방─필름·78」에서, 산마루에 올라 골짜기 '진
달래꽃'을 응시하던 시인은 '두견새 울음'과 '설운 일'을
오버랩시키면서 새봄의 애달픈 심사를 읊조린다. 무슨 일
을 하며 어떻게 살아야 할지, 두메에 깃들어 한 세월 허허
롭게 보낸들 어떠랴마는……. 그러나 어느 길이고 쉽사리
보이지도 열리지도 않기에, 고개 들어 유유히 그냥 그렇게
번져나는 '하늘 한 자락'으로 눈길을 돌린다. 사람살이와
행로의 어려움에 대한 서정자아의 심회가 향토적 정조가
배어나는 가락과 여백의 여운을 통해 투사되면서, 다양한
해석의 가능성을 열어 놓는다.
　물 흐르듯 자연스러운 리듬과 티 없이 고운 말결로 직
조된 「심부름」에서도, 고도의 상징과 은유적 표현에 깃든
선문답 같은 내용이 다양한 해석의 가능성을 열어 놓기는

하지만 시적 대상이자 모티브에 대한 응시와 그 내용을 개성적 정서로 형상화하여 공감의 자장에로 투사하고 있는 점은 크게 다르지 않다. '절'과 '심부름'이 환기하는 목적 혹은 짐을 부려놓은 채 '내생만한 꽃을 만나~소풍 속에 노닌다'라고 한 데서, 기획되거나 의도된 길에서 벗어나 때로 인연에 따라 주체적이며 정신적 자유로움을 누리는 삶을 추구하고자 하는 의지가 투사되고 있는 것으로 읽힐 수 있기 때문이다.

이런 작품들을 통해 보면, 서우승 시의 개성적 단면인 '응시와 투사의 미학'은 특히 대상의 복합적 이미지와 여운을 자아내는 리듬을 배경으로 내포의 다양성이 확보됨으로써, 그만큼 다양한 해석의 가능성을 열어 놓는 데 두드러진 특징이 있다고 하겠다.

3

긴장된 시선과 안정된 호흡의 변증법적 조화와 통일이 빚어내는 서우승 시의 '응시와 투사의 미학'이 이렇듯 해석의 다양성과 함께 공감의 자장을 확장시켜 나갈 수 있는 것은, 또한 '경험적 진실성'이 행간에서 담담하게 우러나기 때문으로 보인다. 그리하여 서정자아의 개체적 경험의 형상화가 오늘 이 시대의 현실이 제기하는 사람살이의 개연성 속에서 설득력을 얻기 때문이 아닐까 생각된다.

미친 파도로 하여 저금나온 어항 고기
유리알에 꿰비치는 세상 하나 도마 같아
이끼로 빛을 가리고 다시 앓는 바다의 꿈.

—「카메라탐방—필름·13」

넥타일 매다 말고
매는 손 째려본다
멍엘 씌우는 주인의 손 아닌가
식솔의
배웅마저도
쏟아지는 채찍 같다.

일터에선 한사코
내 고삐 내가 쥐지만
논은 소작답, 꿈은 자꾸 걸돌받고
돌아와
신발 끈 풀면
고개 숙인 해바라기들.

—「멍에」전문

　어느 시절이라고 고달프고 각박하지 않았을까마는, 그래도 항상 조금이라도 나은 삶을 위해 발버둥쳐 왔고, 지금도 그렇다. 그러나 세상은, 세상살이는 내게 쓸쓸한 비

116

애의 잔만을 들이민다. 자신만으로는 감당할 수 없는 이유
―'미친 파도'로 인해 고향―'바다'로부터 떠밀리듯 떠나
온 나―'어항 고기'의 눈에 비친 살풍경한 세상―'도마'가
그렇고, 나날의 삶을 조금이라도 윤택하게 꾸려가야 할
'식솔'을 위해 아둥바둥 '소작답'을 일구지만 종내 처진 어
깨와 한숨으로 '고개 숙인 해바라기들'을 마주하는 소시민
가장의 일상이 그렇다.

어느 구석 우호의 눈길을 찾거나 주기 어려운 도시생활
의 단면과 고향에의 그리움을 노래한 「카메라탐방―필
름·13」이나 가족의 윤택한 삶을 부양하려는 소시민 가장
의 분투와 탄식을 절절하게 형상화한 「멍에」는, 일차적으
로 서정자아 서우승이 대면한 현실이자 경험일 것이다. 그
러나 이와 같은 시대풍정이자 인간풍정은 동시대를 살아
가는 우리 대부분의 현실 속에도 상존하며 따라서 경험적
으로 공감하는 바이기에, 그만큼 진실하며 곡진하게 다가
온다.

이렇듯 경험적 진실성에 기초한 서우승 시의 시대풍정
이자 인간풍정은 다음과 같은 작품에 이르러 보다 확장된
시각과 문제의식을 드러낸다.

원정은 일어섰고
꿈이 다시 짓밟히는 뜨락
홍건한 상처끼리 혈액형도 안 따지고

봄 오면
아지랑이로 피랴
스크럼 짜고 있다.

―「겨울 뜨락에서」 부분

하늘빛에 끌리어
오를 만큼 오른 동네
바람만 시나브로 겨운 풍경 집적이더라
쭉정이 낱낱이 까며
투정부리는 소리로.

비 오는 날 구멍가게마다
모여드는 처진 어깨들
세상에 섞이지 못한 날품팔이의 하루
한숨을 고함과 바꾸더라
막소주의 힘으로.

―「달동네 인상(印象)」 부분

　사용자의 횡포에 집단적 의지로써 맞서는 노동자의 피
어린 투쟁정신과 꿈을 노래하고 있는 데서(「겨울 뜨락에
서」), 그리고 도시 최하층민의 삶에 투영된 일상의 간난과
비애를 노래하고 있는 데서(「달동네 인상(印象)」), 서우승
의 시에 형상화된 시대풍정이며 인간풍정들이 비단 개체

적 차원의 시각이나 문제의식에 머무르지 않음을 실감할 수 있다. 그는 '우리' 시대의 고통과 삶의 여건을 이처럼 직정적(直情的)으로 형상화하여 설득력의 깊이와 함께 우리를 곧바로 공감의 자장으로 이끎으로써, 보다 확장된 서정의 세계를 열어 보이는 것이다.

얼핏 보기에 두 작품 모두에서 관찰자의 시선이 느껴지지만, 이는 오히려 형상화의 대상이자 내용을 객관화하기 위한 시인의 의도적 전략이라 할 수 있다. 이와 같은 삶의 형상이며 풍정들 역시 경험적 진실성에 기초하고 있기에 정서적 공감을 이끌어 내는 것이며, 시인 자신의 외면할 수 없는 시대정신의 발로이기에 의미 있는 것이다.

작가의 지적 탐구와 성찰은 현실과의 관계에서 모색될 때 설득력과 의미를 확보할 수 있다. 문제는 자신과 주변을 에워싸고 있는 그 현실에 대한 탐구와 성찰이 얼마만큼 진지하며 깊이 있는가 하는 점이다. 굳이 유마힐을 빌리지 않더라도, 내가 아프지 않고서 어찌 세상이 아프다고 말할 수 있겠는가? 그런 면에서 서우승의 시는 자신이 아파 본 다음에야 우러나오는 '경험적 진실성'에 토대하고 있다. 그래서 나름의 설득력과 의미를 지닌다. 이와 같은 면 또한 서우승 시의 특징적 일면이라 할 것이다.

4

서우승 시의 특징이자 그 자신 부단한 모색으로부터 창

출한 개성으로 빼놓을 수 없는 것이 작품의 형식구조다. 물론 그는 등단 초기부터 '4음보격 3행'의 전통적 형식구조를 취한 연작시 「카메라탐방」을 지속적으로 써왔다. 그러면서 그는 '규범 내의 개성적 리듬과 절제된 감성의 시적 형상화'를 추구하는 현대시조의 양식성을 다채롭게 변주하여, 갖가지 리듬의식과 맛을 자아내는 작품들을 산출해 냄으로써 나름의 독특한 시 세계를 열어 놓고 있다.

사실, 서우승 시의 두드러진 개성으로 일컬을 수 있는 '우리 시대의 인간풍정'들이 이른바 '응시와 투사의 미학'을 통해 행간으로부터 풍부한 의미와 정서가 우러나는 요인의 하나가 바로 형식구조에 있다고 할 수 있다. 나아가, 나름의 특성을 지닌 서우승 시의 다채로운 형식들 가운데서도, 특히 초장을 2음보격 2행으로, 중장을 4음보격 1행으로, 그리고 종장을 1음보 2행과 2음보격 1행으로 구성한, 1연이 6행으로 이루어진 연시조에서 특유의 빼어난 리듬과 시적 형상을 창출하고 있는 것으로 보인다(1연 6행의 형식구조를 취한 단시조는 이 『카메라탐방』 시집에 한 편도 없다).

이러한 1연 6행의 형식구조를 취한 연시조의 예들은 이미 앞에서 인용한 「멍에」 「겨울 뜨락에서」 「달동네 인상(印象)」에서도 확인할 수 있지만, 다시 다음과 같은 작품들을 통해 그 특징적 면모를 살펴보기로 하겠다.

칠흑 땅 속에서
반십년을 꾸어온 꿈이
격조 높은 변신에다 울음 울 일 뿐이더냐
호구(糊口)야
이슬로 때운다 치고
잠까지도 면벽(面壁)이라니.

더위에 업혀나와
되레 여름 다스린다?
득의(得意)의 기쁨까지 은유하는지 몰라
간직한
혼령 하나가
울음 끝에 스친다.

—「매미 생각」 부분

꼭꼭 숨어라
두엄 속 반디야
두엄 썩는 속도 따라 자자손손 늘리면서
쇠스랑
오는 날까지
불씨 꼭꼭 다지면서.

대대로 울며 넘던

보릿고개도 전설 된 지금

등 따숩고 배부름이 되레 죄만 같은데

뒷짐 진

날강도라니,

이름표도 버젓이 달고.

—「두엄 속 반디야」 부분

　모두 작품 전문을 인용해야 바람직하겠으나, 논의의 편의상 부분만을 인용했다. 위의 「매미 생각」은 시인의 삶과 시작(詩作)의 의미를 매미의 생태에 견주어 노래하면서, 시인은 시로써 존재의 의미와 삶의 흔적을 남긴다는 사유와 성찰의 메시지를 담고 있다. 「두엄 속 반디야」라는 작품은 급변하는 세태와 외래 문물의 무비판적 수용을 경계하면서, 우리의 전통적이며 주체적인 가치의식 및 정서의 소중함을 일깨우고 있다.

　이와 같은 형식구조로 이루어진 작품 속에는 무엇보다도 시상의 흐름을 적절히 조절·통제하는 '규범 내의 개성적 리듬'과 자유롭게 확산되는 듯 함축의 묘미가 살아나는 '절제된 감성의 시적 형상'이 참으로 매끈하게 배어 있다. 그래서 이러한 서우승의 시편들에서는 분방한 자연스러움과 함께 정제된 아름다움이 우러난다. 초장 2음보격 2행에서 차분하게 제시·환기된 정서가, 중장 4음보격 1행의 완만한 흐름을 타고서 전개·확장되다가, 각각 1음보로 구성

122

된 종장 첫째 행의 소음보와 둘째 행의 과음보 및 2음보격으로 구성된 셋째 행을 통해 응축·확산되는 형식구조 속에서, 시인이 형상화하고자 하는 양태며 풍정들이 유의미한 언어구조체로 양식화되는 것이다.

그렇기에 서우승 시의 특징인 이 같은 형식구조는 시조라는 생각을 분명하게 느끼게 하면서도, 동시에 시조라는 생각이 들지 않을 정도로 여유로운 호흡과 분방한 자연스러움이 느껴진다. 이는 특히 표현 언어가 환기하는 의미와 시적 이미지가 각 장을 구성하는 '2-1-3'이라는 행의 수와 미묘하게 조화를 이루면서 특유의 리듬을 생성하는 데서 두드러진다. 이러한 리듬의식과 형식구조로부터 환기되는 미감은 이른바 서우승류의 현대시조가 새롭게 일구어낸 양식성의 단면이라 할 것이다.

과거 우리 문학사를 화려하게 장식했던 역사적 장르로서의 시조가 일정한 악곡에 실어 가창함으로써 실현화하는 '창시조(唱時調)'라면, 오늘의 시조는 눈으로 읽어 음미함으로써 실현화하는 '독시조(讀時調)'라 할 수 있다. 1연 6행의 형식구조로 이루어진 위의 서우승의 연시조는 바로 이 '독시조'가 지향해야 할 새로운 양식성의 일면을 개척해 냈다는 데 중요한 의미가 있다. 그런 면에서 거의가 '4음보격 3행의 형식구조'로 이루어진 '창시조'의 전통적 양식성만으로는, 오늘의 시대와 삶의 다단한 국면들을 형상화하기에는 아무래도 버겁고 단조롭다. '4음보격 무정행의

형식구조’로 이름할 수 있는 ‘독시조’의 양식성을 다채롭
게 변주·활용할 때, 보다 적극적이고 진취적인 현대시조
의 활로가 모색·개척될 수 있지 않을까 생각한다.

　요컨대 ‘규범 내의 개성적 리듬과 절제된 감성의 시적
형상화’를 추구하는 현대시조의 양식성은 그 자체가 구속
이자 매력이다. 서우승의 시는 이 구속이자 매력을 개성적
으로 수용·확장시켰다고 하겠는데, 특히 위에서 살핀 1연
6행의 형식구조를 취한 연시조는 그의 감성에 포착된 시
대적 삶의 여건과 인간풍정을 형상화하기에 적합한 양식
성으로서의 의미를 지니고 있다 하겠다.

5

　시는 형상에 깃든 사유다. 시의 특성은 감성적 형식을
통해 재현된 영상을 언어화하는 데서 두드러지기 때문이
다. 그렇기에 시인은 형상으로 사유한다. 그렇지 않을 경
우 거기에는 다만 이념이나 교훈을 설파하는 데 따르는
상징과 우의가 있을 따름이다.

　서우승은 ‘우리 시대의 인간풍정’을 다채롭게 연출하는
시인이다. 그는 자신의 시선에 포착된 인간풍정들을 ‘응시
와 투사의 미학’으로 조리하여 그 시적 이미지와 형상들을
우리로 하여금 여러 갈래의 미각을 동원하여 맛보게 함으
로써, 우리에게 정신의 양식을 공급하고 자신과 주변의 사
람들 및 삶을 돌아보게 한다.

나아가 그의 시는 '경험적 진실성'에 기초하고 있는 경우가 대부분이기에, 그만큼 공감의 자장을 확장시켜 나가는 힘이 강하다. 그런 면에서 서우승의 시는 그 자신이 겪고 밟아 온 세상살이며 행로를 시조라는 양식을 통해 형상화한 '생활체험의 시적 재문맥화'라 할 수 있다. 그에게 있어서 시조는 삶에 대한 깊은 성찰과 재인식의 의지를 표출하기에 적합한 양식이기도 한 것이다.

이 같은 서우승 시의 매력은 특히 수수한 듯 단조롭지 않은 구도와 해석의 다양성을 열어 놓는 형상화의 시각에 있으며, 시상의 흐름을 적절히 조절·통제하는 리듬의식을 배경으로 행간으로부터 풍부한 의미와 정서가 우러나는 형식구조에도 있는 것으로 보인다. 그렇기에 '지금' 그리고 '여기'를 응시하여 우리 시대의 다단한 '인간풍정'들을 담담하게 형상화한 서우승의 『카메라탐방』은 오늘의 시조가 나아가야 할 바람직한 방향과 이 시대 문학의 중심장르로서 발돋움할 새로운 길을 제시하고 있다고 할 수 있다.

'규범 내의 개성적 리듬과 절제된 감성의 시적 형상화'를 추구하며 새로운 장르의 가능성을 다채롭게 일구어 낸 오늘의 시조가 우리 삶의 생생한 리얼리티와 사유의 깊이를 담아내기 위해서는 더욱 부단히 개성적인 양식성을 창출해 내야 할 것으로 본다. '규범 내의 개성적 리듬과 절제된 감성'에 이미 내포되어 있는 '구속'을 스스로 선택한

만큼, 그 '구속'이 타 장르와 차별성을 지닌 견고한 미적 장치요, 시적 형상화의 틀로 작용할 수 있도록 해야 할 터이기 때문이다. 시조라는 양식적 특성을 통해서만 가능한 시적 이미지와 형상을 창출하는 데 분발해야 한다는 것이다. 그렇게 하여 오늘의 시조 특유의 양식성과 형상화 방식으로 시적 공감의 자장을 넓혀 나갈 때, 오늘의 시조는 '오늘의 시조다운' 미학을 일구어 나갈 수 있을 것이다.

서우승 연보

1946년　8월 17일(음력 7월 21일) 경남 통영시 미륵섬 야소골(산양읍 남평리 354번지)에서 공무원 서종영(徐琮泳)과 김태연(金太連) 사이의 8남매 중 장남으로 출생(호적상 생일은 27일로 잘못 기재됨).

1967년　이후부터 『새농민』『여성동아』『중앙일보』(중앙시조)『시조문학』 등에 시와 시조를 발표하면서 주경야독의 독학으로 습작기를 거침. 이 무렵 박재두(朴在斗) 시인을 만나 시조 수업을 받음.

1972년　10월 16일 향리에서 <수향수필 문학동인회> 창립동인으로 참여.

1973년　1월 『서울신문』 신춘문예에 시조 「카메라탐방」이 당선(김상옥 선). 이후 각종 문예지와 일간지에 연작시조 「카메라탐방」 계속 발표.

1975년　4월 24일 김옥순(金玉順)과 결혼

1976년　2월 23일(음력 1월 24일) 장녀 미라 출생

1977년　9월 7일(음력 7월 24일) 장남 인보(仁甫) 출생

1978년　이후부터 해외취업 좌절로 수년간 여러 도회를 전전하며 방황함

1982년　연작시조집 『카메라탐방』(해조문화사)을 펴냄

1984년　1월 15일(음력 12월 2일) 부(父) 타계

1985년 이때부터 2년 간 <수향수필문학회> 회장 역임
1989년 이때부터 2년 간 <충무문인협회> 회장 역임
1991년 시집『당신 하나로 하여』(백상사)를 펴냄. 제30회 경상남
        도 문화상(문학부문)을 수상.
1996년 작품「고향」으로 제6회 이호우시조문학상을 수상.

참고문헌

김　현, 「서우승의 카메라탐방」,『현대시학』, 1978. 6.

류제하, 「몰선묘법과 감응력」,『시문학』, 1980. 11.

이우걸, 「풍자와 요설의 시학」,『카메라탐방』, 1982. 11.

최승범, 「시조시의 겉과 속」,『한국문학』, 1983. 8.

김열규, 「아픔의 삭임질이 빚은 아픔의 정화(精華)」,『당신 하나
　　　　로 하여』, 1991. 10.

채수영, 「현실, 그리고 꿈과 기다림의 변용—서우승론」,『당신 하
　　　　나로 하여』, 1991. 10.

김삼주, 「서우승, 겨레의 매듭풀기」,『시조시학』, 1995. 3.

박시교, 「풍자와 비판, 그리고 삶의 노래로의 변신—서우승론」,
　　　　『개화』, 1997. 11.